11/21

Catalogage avant publication de Bibliothèque et Archives nationales
du Québec et Bibliothèque et Archives Canada

Gravel, François

Tout doux, gros matous!

(Les histoires de Zak et Zoé; 9)
(Série Animaux extrêmes)
Pour enfants de 7 ans et plus.

ISBN 978-2-89591-178-4

I. Germain, Philippe, 1963- . II. Titre. III. Collection: Gravel, François.
Histoires de Zak et Zoé; 9.

PS8563.R388T68 2013   jC843'.54   C2013-940492-9
PS9563.R388T68 2013

Correction et révision: Annie Pronovost

Tous droits réservés
Dépôts légaux: 3e trimestre 2013
Bibliothèque nationale du Québec
Bibliothèque nationale du Canada
ISBN 978-2-89591-178-4

© 2013 Les éditions FouLire inc.
4339, rue des Bécassines
Québec (Québec) G1G 1V5
CANADA
Téléphone: 418 628-4029
Sans frais depuis l'Amérique du Nord: 1 877 628-4029
Télécopie: 418 628-4801
info@foulire.com

Les éditions FouLire reconnaissent l'aide financière du gouvernement du
Canada par l'entremise du Fonds du livre du Canada pour leurs activités
d'édition.

Elles remercient la Société de développement des entreprises culturelles du
Québec (SODEC) pour son aide à l'édition et à la promotion.

Elles remercient également le Conseil des Arts du Canada de l'aide accordée
à leur programme de publication.

Gouvernement du Québec – Programme de crédit d'impôt pour l'édition de
livres – gestion SODEC

Tout doux, gros matous !

François Gravel

Illustrateur : Philippe Germain

Chapitre 1
MADAME MÉLISSA NOUS DONNE UNE IDÉE

Zoé est ma meilleure amie, mais ça ne veut pas dire que nous sommes toujours d'accord!

– Les chiens sont plus intelligents que les chats! affirme-t-elle. Ils gardent des moutons, ils suivent des pistes, ils effraient les voleurs et ils aident les aveugles. Les chats ne servent à rien d'autre qu'à attraper des souris!

> Plus souples, peut-être, mais les chiens sont plus forts!

– Qu'est-ce qui se passe encore dans votre coin, Zak et Zoé? demande madame Mélissa. Vous êtes toujours en train de bavasser, mes deux oiseaux!

Madame Mélissa est la meilleure enseignante au monde. Elle nous a placés dans le fond de la classe, Zoé et moi, pour que nous puissions faire nos projets. Nous adorons

parler de tout et de rien. Ça nous donne parfois de bonnes idées.

– Nous ne bavassons pas, madame ! rétorque mon amie en faisant semblant d'être froissée. Nous discutons, c'est différent !

– Oh, pardon ! Et de quoi discutez-vous avec tant d'animation ?

– Zak croit que les chats sont plus intelligents que les chiens, répond Zoé. Moi, je prétends que c'est l'inverse.

– Je vois… Mais j'y pense… Est-ce que cela ne vous inspire pas pour écrire une nouvelle histoire?

Je regarde Zoé, et je devine que des engrenages tournent déjà dans sa tête : une nouvelle série de livres sur les animaux? Elle est aux oiseaux! Ça tombe bien : moi aussi!

Chapitre 2
MON COUSIN JULES

– Est-ce que je t'ai déjà parlé de mon cousin Jules ? dis-je à Zoé sur le chemin du retour à la maison.

– Je ne crois pas, non...

– C'est un savant qui a étudié dans les plus grandes universités du monde. Il est médecin vétérinaire. Il a acheté une animalerie, tout près d'ici. Que dirais-tu d'aller le voir ? Nous pourrions lui demander ce qu'il pense de l'intelligence des chats et des chiens !

Zoé est tellement emballée par ma proposition qu'elle est prête à courir pour y aller.

Deux minutes plus tard, nous arrivons au magasin de mon cousin. Après avoir poussé la porte, nous découvrons un monde merveilleux : l'animalerie est remplie de perroquets, de perruches, de poissons, de hamsters, de souris, de salamandres et de tortues, sans oublier les chiens et les chats, évidemment. Il y a même des tarentules et des serpents ! On se croirait dans une jungle !

– Ça alors ! s'exclame Zoé. Si j'avais su que ce magasin se trouvait tout près de chez nous, j'y serais venue tous les jours ! Comment se fait-il que tu ne m'en aies jamais parlé ?

– Il vient tout juste d'ouvrir.

Je n'ai pas le temps d'en dire plus : Jules nous a vus arriver et se dirige vers nous. Si tout se passe comme prévu, nous allons bien nous amuser ! Zoé va bientôt s'apercevoir que Jules n'est vraiment pas un vétérinaire comme les autres !

Jules nous fait faire le tour de son magasin, puis il nous invite dans son cabinet de vétérinaire, situé dans l'arrière-boutique. Le local ressemble à un petit hôpital, avec des médicaments et des instruments étranges. Au mur, au-dessus de la table d'opération, se trouvent deux grandes affiches montrant les différentes races de chats et de chiens.

– Ça tombe bien, dis-je à mon cousin en indiquant les affiches. Mon amie Zoé et moi, nous nous demandions justement si les chiens étaient plus intelligents que les chats. Qu'est-ce que tu en penses ?

– C'est une excellente question, Zak ! admet Jules. J'ai lu plusieurs livres sur le sujet. Tu ne pouvais pas mieux tomber !

– Et alors ? Quelle est la réponse ? veut savoir Zoé.

– Les chats ont sûrement une meilleure vue, mais les chiens ont un odorat plus développé. Ce sont là des capacités faciles à mesurer, contrairement à l'intelligence... Mais aimeriez-vous participer à une expérience pour nous aider, nous les scientifiques, à répondre à cette question?

Tout en parlant, il sort de sa poche un petit objet qui ressemble à un stylo.

– Ceci est un zoomaginaire. Si je l'utilisais pour rédiger une prescription sur cette tablette électronique spéciale, je pourrais vous transformer en chat ou en chien pendant 24 heures. Ça vous tente?

– Est-ce que ce n'est pas dangereux? s'inquiète Zoé. On pourrait se faire frapper par une automobile ou attraper une maladie...

– Le tout est de choisir les bons paramètres, répond Jules, et je m'en occupe. Je peux par exemple vous transformer en chats, pour commencer, et vous confier à une vieille dame que je connais. Tout ce que vous aurez à faire, ce sera boire du lait et jouer avec des balles de laine. Vous ne serez pas obligés de manger des souris ni de tuer des oiseaux, et je ferai en sorte qu'elle vous serve du thon plutôt que des croquettes. Si jamais l'expérience tourne mal, il vous suffira de miauler trois fois et je courrai à votre rescousse. Je préviendrai aussi vos parents pour ne pas qu'ils s'inquiètent, bien sûr. Qu'en pensez-vous ?

Nous avons à peine le temps de hocher la tête que Jules rédige quelques mots sur sa tablette, et nous nous retrouvons aussitôt enfermés dans une cage!

Chapitre 3
ZOÉ A DES MOUSTACHES !

– Qu'est-ce qui se passe ? demande Zoé. Je suis couverte de poils ! C'est toi, Zak ?

Je reconnais la voix de mon amie, mais elle s'est transformée en une chatte blanche, avec des taches jaunes et beiges. Ses yeux sont verts et elle a de grandes moustaches blanches.

C'est très joli, pour une fille !

J'ai envie de la taquiner à ce sujet, mais un drôle de phénomène attire mon attention : je suis pour ma part devenu un chat tigré couvert de fines lignes grises. Mais sont-elles vraiment grises ? On dirait que ma vision des couleurs a changé. Le perroquet qui se trouve en face de moi est tout gris, et les poissons rouges sont devenus jaunes ! Mon odorat, par contre, est très développé : j'ai un collier antipuce, et il sent très fort !

– Voulez-vous cesser de bavarder, tous les deux, nous dit Jules. Vous êtes supposés miauler, ou ronronner ! Personne ne doit se douter que vous êtes des humains ! Tiens, voici justement la dame dont je vous ai parlé. Je lui ai demandé de vous garder pour une journée. Elle est très gentille, vous verrez.

Jules accueille la dame à la porte, et ils reviennent ensemble vers nous.

– Voici les deux chats dont je veux vous confier la garde, madame Yvonne. Pouvez-vous en prendre soin jusqu'à demain ?

– Bien sûr ! lui assure-t-elle. Comment s'appellent-ils ?

– Le mâle s'appelle Zak, et la femelle Zoé.

– J'aime bien le mâle, dit madame Yvonne. Il est magnifique. La femelle est beaucoup moins jolie, c'est certain. Et puis quel drôle de nom, Zoé, pour une chatte ! Ça me chatouille la langue quand je le dis !

– Imagine-t-elle que Yvonne est un beau prénom ? me chuchote Zoé à l'oreille. Si elle continue à être aussi désagréable, j'irai faire pipi sur son lit !

La cage que notre maîtresse a apportée pour nous transporter est minuscule. Comment allons-nous faire pour y entrer tous les deux ?

Je laisse Zoé y pénétrer, puis j'essaie de me trouver une place à ses côtés. Heureusement que je suis souple !

– Fais un peu attention, murmure Zoé. Tu as frôlé mes vibrisses ! C'est très sensible, ces moustaches-là !

Zoé a raison, ce n'est pas facile! J'essaie de différentes manières et je finis par trouver quelque chose qui ressemble à un bruit de moteur. Zoé essaie elle aussi, mais en vain. Peut-être qu'elle n'a pas encore digéré que madame Yvonne me trouve plus joli qu'elle. Les chats ne ronronnent pas quand ils sont fâchés. Elle finit cependant par y arriver, et nous ronronnons tous les deux en même temps.

– Comme ils sont gentils! s'attendrit la vieille dame, qui se met aussitôt à sourire.

Les humains s'apprivoisent facilement: il suffit de ronronner pour leur faire plaisir!

Madame Yvonne secoue la cage dans tous les sens en nous emmenant jusqu'à son automobile. Elle nous dépose ensuite sur la banquette arrière, mais elle oublie de boucler la ceinture de sécurité. La cage bouge chaque fois qu'elle prend un virage et je me retrouve coincé contre Zoé. Elle ne proteste pas, mais je devine qu'elle n'a pas envie de ronronner.

Tous ces mouvements me donnent mal au cœur. Je ne sais pas où nous allons, mais j'ai hâte d'être rendu à destination!

Chapitre 4
NOTRE NOUVELLE MAISON

Ouf! Nous voici enfin chez madame Yvonne.

– Bienvenue chez vous! nous dit-elle en ouvrant la porte de la cage.

Nous sortons tour à tour et nous nous étirons lentement, du museau jusqu'au bout de la queue. Comme ça fait du bien!

J'ai envie d'explorer la maison, mais mon instinct de chat me suggère plutôt de me frotter sur la jambe de madame Yvonne en ronronnant.

– Tu es adorable, Zak!

Elle imagine que je fais cela pour lui faire plaisir, mais elle se trompe. Du point de vue d'un chat, les humains ne sentent en effet pas très bon. En me frottant sur sa jambe, je lui transfère mon odeur. Zoé fait la même chose de son côté pour bien montrer que madame Yvonne lui appartient autant qu'à moi. Il faudra prendre garde de ne pas déséquilibrer la vieille dame !

Nous partons ensuite chacun de notre côté pour faire le tour de l'appartement. Il n'est pas très long à visiter : il n'y a qu'une chambre à coucher, un salon et une cuisine. Madame Yvonne semble vivre seule. Elle n'a pas de mari, pas d'enfants... et pas de chien. Ouf !

Je regarde le fauteuil du salon et je ressens une envie irrésistible de l'utiliser pour faire mes griffes. Je résiste cependant à la tentation et je décide plutôt de sauter sur le siège. Est-ce que j'y parviendrai ? Il me semble tellement haut !

Je m'accroupis, je bondis et hop! j'y suis! C'est tellement amusant que je recommence sur le bras du canapé, puis je vais dans la chambre et je saute sur le lit. J'aperçois soudain une mouche qui vole au-dessus de la table de chevet.

Elle bourdonne et ça m'énerve! Je m'élance pour l'attraper, mais je rate mon coup et je fais tomber un verre d'eau, le radio-réveil et une figurine de porcelaine qui se brise en mille morceaux!

Madame Yvonne entre dans la chambre et me fait de gros yeux. Va-t-elle me punir ?

– C'est toi qui as fait ça, Zak ? Petit chenapan !

Je miaule en la regardant dans les yeux pour essayer de l'amadouer, puis je ronronne et je me frotte une fois de plus sur sa jambe. Je vois aussitôt la colère disparaître de ses yeux.

– Je te pardonne pour cette fois-ci, mais ne recommence plus !

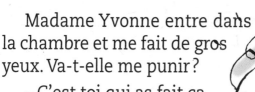

Je ronronne encore plus fort et un sourire apparaît sur son visage. Les humains sont décidément faciles à apprivoiser!

– Cher Zak! Tu es tellement beau qu'on te pardonnerait tout! Avez-vous faim, mes petits amis?

En disant ces mots, elle se dirige vers son réfrigérateur. Je m'attends à ce qu'elle me donne du lait, mais elle fait mieux encore: elle me sert de la crème glacée! Zoé, qui était occupée à explorer l'arrière du réfrigérateur, accourt aussitôt, attirée par l'odeur.

Je suis bien prêt à partager mon repas avec elle, mais je ne veux pas qu'elle mange dans mon bol et que nos langues se touchent! Quand je la vois arriver, je grogne, mais Zoé me répond en crachant et en faisant le gros dos! Je ne savais pas qu'elle pouvait être si agressive!

– Ne fais pas de mal à mon beau Zak, vilaine Zoé! l'avertit madame Yvonne en la repoussant avec son pied. Laisse-le manger, et tu prendras ce qui reste!

Plus je connais madame Yvonne, plus je l'apprécie, mais je devine que Zoé ne partage pas mon avis !

Pour ne pas envenimer la situation, je décide de la laisser s'approcher. Nous mangeons notre crème glacée en même temps.

Quand j'ai fini, je me dirige vers la salle de bains pour vérifier quelque chose...

C'est bien ce que je craignais : il n'y a qu'un seul bac à litière !

J'en profite pour faire pipi, afin que ce soit mon odeur plutôt que celle de Zoé qui imprègne la litière. Tant pis pour elle !

Je retourne ensuite au salon, je bondis sur le fauteuil, je me lave les pattes avec ma langue rugueuse, puis je me paie une petite sieste.

Je ne sais toujours pas si les chats sont plus intelligents que les chiens, mais leur vie ne me semble pas trop difficile !

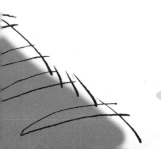

Chapitre 5
JOUONS AVEC ZOÉ

Je me réveille, je bâille, je m'étire, puis je me demande ce que je ferai de mes 20 griffes. J'aperçois Zoé qui dort sur le lit. Et si je lui jouais un tour? Je m'approche sur la pointe des pattes et je bondis tout juste à côté d'elle. Elle se réveille en sursaut et m'accueille en faisant le gros dos et en crachant. Décidément, mon amie a mauvais caractère depuis qu'elle est devenue chatte!

Je me tourne pour redescendre par terre et Zoé en profite pour me sauter sur le dos! Espèce d'hypocrite! J'essaie de lui donner un coup de patte, mais la voilà qui s'enfuit dans le salon. Je me lance à sa poursuite... Ah! Elle était cachée derrière la porte pour me faire une surprise! Je sursaute, puis je fais le gros dos à mon tour et je crache pendant qu'elle prend la fuite à nouveau.

Plutôt que de la suivre, je fais semblant que ce jeu ne m'intéresse plus et je vais faire une sieste sur le bras d'un fauteuil.

Au bout d'un moment, Zoé revient vers moi. Elle marche sans faire de bruit, mais je sais ce qui lui trotte dans la tête. Je la laisse venir, et juste au moment où elle s'apprête à bondir, c'est moi qui lui saute dessus !

Nous courons encore dans toute la maison, puis j'aperçois une fenêtre qui me semble intéressante. Je m'installe sur le rebord, je regarde dehors, et je décide de faire un brin de toilette avant de dormir encore un peu.

Quand je me réveille, Zoé joue avec une boulette de papier que madame Yvonne vient de lui donner.

Lorsqu'elle passe près de moi, je bondis et je m'empare de sa boulette. Je dribble, je déjoue Zoé, je contourne les pattes de la table, je lance sous la chaise... et c'est le but! C'est amusant de jouer au hockey comme un chat: il n'y a pas de parents ni d'instructeurs pour nous crier après!

Mais Zoé n'a pas dit son dernier mot. Elle reprend la boulette, dribble, me déjoue à son tour et la lance dans l'espace entre la cuisinière et le réfrigérateur. Le score est maintenant de 1 à 1! Nous procédons de nouveau à la mise au jeu, mais Zoé attrape la boulette dans sa bouche, court jusque dans le salon et saute sur une table basse. Le problème, c'est qu'il y avait toute une collection de porcelaines sur cette table... Catastrophe!

– Qu'est-ce qui se passe encore ? s'écrie madame Yvonne en accourant. C'est toi qui as fait ça, Zoé ? Vilaine chatte ! En plus d'être laide, tu brises tout !

Zoé essaie de l'amadouer en ronronnant et en se frottant contre elle, mais ça ne fonctionne pas, et madame Yvonne l'enferme dans le placard à balais !

Quelque chose me dit que je devrais me tenir tranquille si je ne veux pas aller la rejoindre... Je retourne m'installer à la fenêtre, j'en profite pour regarder un peu dehors, puis je m'offre une sieste dans un rayon de soleil.

À mon réveil, une heure plus tard, Zoé n'est plus en punition. Elle saute sur le fauteuil, où elle s'assoupit rapidement. Décidément, la vie de chat n'est pas très compliquée!

Lorsque madame Yvonne se couche pour la nuit, cependant, je suis bien réveillé. Je me roule en boule au pied de son lit et je ronronne pour l'aider à s'endormir. Dès que je l'entends ronfler, je vais rejoindre Zoé qui m'attend dans la cuisine. Pour nous, c'est la vraie vie qui commence!

Chapitre 6
LA NUIT, TOUS LES CHATS SONT GRIS !

– Es-tu certain que nous ne courons aucun risque, Zak ? me demande Zoé. C'est peut-être imprudent de sortir de la maison.

– J'ai passé une partie de la journée à la fenêtre et je crois qu'il n'y a aucun danger : c'est une rue tranquille, les automobiles sont rares, et je n'ai pas vu de chiens. Ce n'est peut-être pas prudent, mais je ne peux pas résister à l'envie d'explorer mon territoire. C'est mon instinct de chat !

Je sors par la fenêtre et je bondis sur la clôture. Wow, quel saut! Je suis même capable de marcher en équilibre sur le rebord de la clôture! Quand j'arrive au bout de la cour, je saute sur le gazon et je regarde autour de moi. La nuit est noire, mais je distingue très bien ce qui se passe dans les environs grâce à mes super yeux de félin. Mais où donc est passée Zoé? Pourquoi ne m'a-t-elle pas suivi?

Je marche un peu sur le gazon, et soudain, elle m'atterrit sur le dos ! Mais qu'est-ce qu'elle a fait ? Je suis tout mouillé !

– Oups ! Je suis désolée de t'avoir sali ! s'excuse-t-elle d'un air coquin. Je n'aurais pas dû marcher dans cette flaque de boue juste avant de te sauter dessus... Je suis curieuse de voir si madame Yvonne te trouvera aussi beau, comme ça !

– Tu es jalouse !

– Moi ? Pas du tout, voyons ! Quelle drôle d'idée !

– Avoue que madame Yvonne a raison : je suis bien plus beau que toi ! Avec tes taches beiges, on dirait que tu es toujours sale !

J'aimerais continuer à taquiner mon amie Zoé, mais je sens bientôt une odeur désagréable et je vois quelque chose bouger dans un buisson. Qu'est-ce que ça peut bien être ? Je m'approche et j'entends des grondements. Cela ne me dit rien qui vaille, surtout que j'aperçois deux grands yeux jaunes qui brillent dans la nuit.

C'est un matou! Un énorme matou crotté qui avance vers moi en grondant, comme s'il voulait se battre! Je me sauve en courant jusqu'au pied d'un arbre. Je sors alors mes griffes de leurs coussinets et schlak, schlak, schlak, schlak... En moins de temps qu'il faut pour le dire, j'ai presque atteint le sommet! Waou! (ou plutôt Miaou!), je suis le champion grimpeur!

Mais où donc est Zoé? Je miaule pour l'appeler et je l'entends me répondre de la m ê m e façon: elle a grimpé encore plus vite que moi et elle a atteint la plus haute branche, qui plie sous son poids.

Je regarde vers le bas, où le gros matou nous attend. Il se couche au pied de l'arbre et fait semblant de dormir. Il n'a vraiment pas l'air pressé de partir.

Que faire ? L'arbre est isolé et il n'y a pas moyen de sauter sur un toit ou sur une clôture. On ne peut tout de même pas appeler les pompiers ! Nous pourrions évidemment miauler trois fois pour que Jules vienne nous secourir, mais il n'apprécierait sûrement pas de se faire tirer du lit au milieu de la nuit.

Ce n'était peut-être pas une si bonne idée de nous transformer en chats, à bien y penser!

– Attends-moi ici... je reviens, me lance Zoé.

Qu'est-ce qu'elle a en tête? Je la vois descendre lentement et se diriger vers le matou. Elle lui miaule quelque chose à l'oreille, et le gros chat quitte la cour à toute vitesse.

Maintenant que la voie est libre, je descends à mon tour et je m'approche de Zoé.

Comment as-tu réussi à te débarrasser de lui?

J'ai joué de mon charme! Madame Yvonne te trouve peut-être plus beau que moi, mais les chats, eux, ne sont pas du même avis! Ce matou a beaucoup de goût: il m'a dit que mes moustaches sont très jolies! Je lui ai promis un baiser s'il m'apportait une souris!

Un baiser? Je ne savais pas que les chats appréciaient ce genre de caresse!

– Je ne le savais pas moi non plus, avoue Zoé, et je n'ai aucune envie d'en faire l'expérience, rassure-toi! Mais je crois que pour l'instant, nous avons un problème plus grave à régler!

Pourquoi est-elle si inquiète? Je regarde autour de moi et je comprends: la cour est envahie par d'horribles matous! On ne les a pas entendus arriver et ils se dirigent lentement vers nous en grondant, prêts à se battre! Il n'y a pas moyen de retourner à la fenêtre, ni de grimper dans l'arbre... Au secours!

Chapitre 7
AU SECOURS !

Les matous nous encerclent, l'air menaçant, mais ils ne nous attaquent pas. Aussitôt que l'un d'entre eux fait un pas dans notre direction, les autres se mettent à gronder. On dirait qu'ils se défient l'un l'autre.

Si je pouvais traduire ce qu'ils se disent, ça donnerait quelque chose dans le genre de ceci : « Si tu fais un pas de plus, je te saute dessus, vieux matou miteux ! »

« Essaie donc, pour voir, espèce de mulot malade ! »

« Mulot malade toi-même ! Celui qui le dit, celui qui l'est ! »

« Viens te battre, espèce de minet à sa maman ! »

En fait, ils se disent des choses bien pires, mais je ne veux pas les répéter. Madame Mélissa ne serait pas contente.

Un des chats fait un pas vers moi et me lance un défi :

Je ne veux pas me battre avec lui, moi! Je ne suis qu'un tout petit mâle de rien du tout! J'ai envie de me sauver en courant, mais je ne peux tout de même pas abandonner Zoé!

– Voici le moment d'appeler Jules! dis-je à Zoé. Je compte jusqu'à trois et on miaule, d'accord? Un, deux, trois...

Nous crions trois fois « miaou! » à l'unisson... mais c'est madame Yvonne qui accourt!

– Qu'est-ce qui se passe ? s'écrie-t-elle. Allez-vous-en, sales matous ! Allez, ouste !

Les chats reculent un peu, mais la vieille dame ne leur fait pas peur. Avec sa jaquette rose et ses bigoudis sur la tête, elle est pourtant terrifiante !

– Vous ne voulez pas partir ? dit-elle. Eh bien, tant pis pour vous !

En disant ces mots, elle lève un tuyau d'arrosage muni d'un pistolet.

– Prends ça ! ricane-t-elle en envoyant un jet d'eau... directement sur moi !

– Oh, excuse-moi, mon beau Zak ! J'aurais dû mettre mes lunettes !

Elle lance un autre jet d'eau : il aboutit tout droit sur le museau de Zoé !

Elle finit par mieux ajuster son tir et atteint quelques matous, qui déguerpissent.

– Rentrez vite à la maison, vous deux, sinon je vous arrose encore !

Elle a l'air fâchée, mais au fond, j'ai l'impression qu'elle s'amuse !

*****

– Ouf ! s'exclame madame Yvonne en refermant la porte derrière elle. Je ne veux plus jamais vous voir sortir, c'est compris ?

– Miaou! répond Zoé en se frottant sur sa jambe.

– C'est un peu ma faute, aussi, reprend madame Yvonne. Je n'aurais pas dû laisser cette fenêtre ouverte.

Je miaule à mon tour en me frottant sur l'autre jambe. Ce n'est pas pour mettre mon odeur sur elle, cette fois-ci, mais pour la remercier de nous avoir sauvé la vie!

Je vais ensuite boire un peu d'eau, puis je me roule en boule sur le fauteuil. La vie de chat est peut-être facile, mais c'est à condition de ne pas sortir!

Quand Zoé vient se coucher tout près de moi, je ne proteste pas. Je l'entends ronronner, et ça me rassure.

Nous venons à peine de nous endormir que nous nous réveillons en sursaut. On sonne à la porte! Qui donc peut arriver ainsi au milieu de la nuit?

Madame Yvonne ouvre, et nous voyons apparaître Jules! Il est encore en pyjama, ses cheveux sont ébouriffés et il brandit un balai.

– N'ayez pas peur, les amis! Je vous défendrai!

Chapitre 8

EN ROUTE VERS DE NOUVELLES AVENTURES !

– J'aime bien votre histoire, dit madame Mélissa. Mais pourquoi Jules arrive-t-il si tard ? Il aurait dû se précipiter à votre secours dès que vous avez miaulé trois fois, non ?

– Peut-être qu'il dormait trop dur. Ou peut-être qu'il est un peu distrait, comme tous les grands savants.

– Tu as certainement raison d'affirmer qu'il est savant, approuve madame Mélissa. Quelle belle invention que ce zoomaginaire ! Allez-vous maintenant l'utiliser pour vous transformer en chiens ?

– Laissez-nous le temps de retomber sur nos pattes! rigole Zoé.

– Voilà qui devrait être facile, pour un chat! réplique notre enseignante préférée.

Je ne sais pas encore quelle histoire Zoé va bientôt nous inventer, mais je vais certainement m'ennuyer de ses moustaches!

Les histoires de **Zak** et **Zoé**

Auteur : François Gravel
Illustrateur : Philippe Germain

Série Sports extrêmes

1. Du soccer extrême !
2. Ça, c'est du baseball !
3. OK pour le hockey !
4. Il pleut des records

Série Cinéma extrême

5. Silence, on zappe !
6. À nous deux, Barbe-Mauve !
7. Peur pas peur, j'y vais !
8. Hollywood, nous voici !

Série Animaux extrêmes

MARQUIS

Québec, Canada

RECYCLÉ
Papier fait à partir
de matériaux recyclés
FSC® C103567
www.fsc.org

Imprimé sur du papier Enviro 100% postconsommation
traité sans chlore, accrédité ÉcoLogo et fait à partir de biogaz.